趙文豪

聽，說

青春的回憶是被繫在旋律裡，
最好能安放每個人不同的年少情懷。

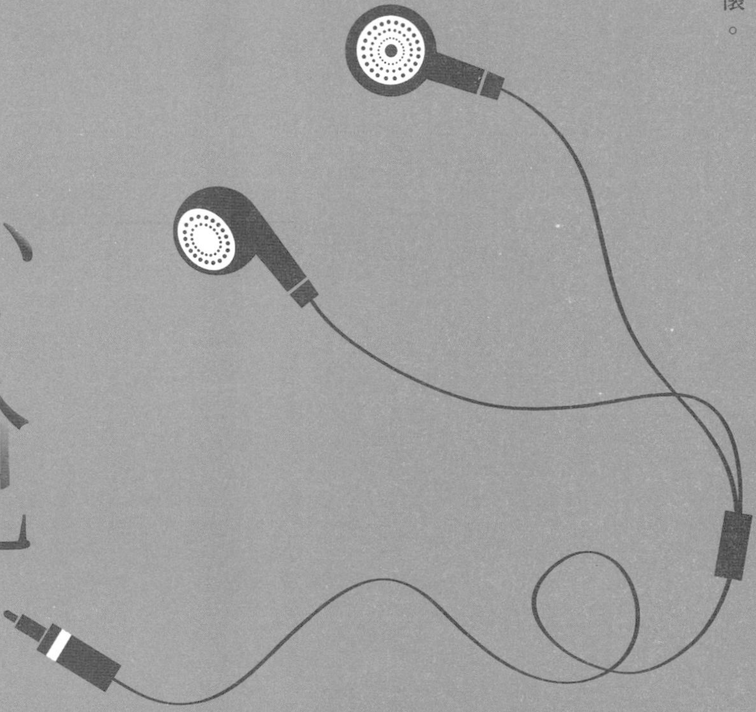

你是慢悠悠的七月是長信是有人出發的遠方
延伸在島嶼的虛線。一串日子
摺起了耳朵就專注的聽
專注的說天空的藍是你的少年

目錄

一、喜歡的事情

喜歡的事情

冬日陽光像一束無盡的金色絲帶
輕輕的鋪在路上
一個女孩路過，將他撿了起來
小心的綁在路燈上，照亮
因為清晨霧氣而不清楚的視野

赫然想起始終在心口梗著的結
而我不相信語言
不相信曖昧而不明確的；寧可一扇窗

看見固定在下午兩點，從遠方
緩緩，緩緩襲來的風
絲帶輕輕揚起。天空。
即將降臨的海
還有更淡一點的沙地

「日子流過，從指縫間將整日的雨淹沒
不是什麼改變都無法習慣的」
你確定嗎。在夢境裡一切美好
你說今天的陽光太好
適合手沖一杯咖啡
再手抄幾頁喜歡的詩在相簿裡
選幾張兩人旅行的相片身旁。
我們的話題那時正好，

不宜打岔；

你是相信的。像是一件柔軟的背心
足以輕盈足以在藍天裡漂浮的雲

：她朝我跑了過來，女孩奶油色帽子被風吹起
一切像是被情節都說好似的。
「對於明晚賞花火的地點是否有什麼建議」
在生活裡，我們始終沒有遇見
沒有遇見。空空的空空的。難以將自己再分給
喜歡的事情

日常路引

等了整夜的雨
始終沒有降下來。

那是一路走來的河流
日常上學，平安回家
然後經常在長大後的夢境裡：
回到那間熱鬧的早餐店

一排在店外的人等著外帶，

表情有點焦急像經常被煎焦的蛋餅
再加上兩杯微糖熱豆漿送來
上面間歇的透明泡沫，
像日常，好像把我自己都睡進去了——

那是深夜車廂裡
疲憊的氣味，準備回家的盼望
焦急著，數著手錶上的時刻
等著回家。
從金色的陽光到黑夜降臨
世界被縮小得很困難
我想拍拍你的肩膀，抱抱著你
「你很勇敢，我們都必須相信」

「但我忘了把河帶下來。」
那是我們等了整夜的雨
是平安。是我們即便不知道
始終信仰著

你說你活得像五月

你說你活得像五月
一瓣飄飛的灰塵
你有時海浪有時海鷗有時
是不安定的安穩，
有時看不清；想把時針撥回
你把海摺一半——
另一半缺電的文明

你察覺你的老去，老得莫名其妙

有時海浪有海鷗有時
不小心就把自己困在原地
乾脆不看清。

有時向海的日子，自然會連綿下去
像對那些畢業的合照記憶猶新
你走離了世界以後，安穩的混亂
有時作夢有時不小心撞傷了牆角
那個傷不斷在夢裡放大

夢是護欄是平衡是摺一半的太陽
看好了世界，今天的時間是生病的
沒錢沒電沒藥沒雨

但不能缺愛

不能見面的六月

撐起黑傘，你的笑容
像滿滿的家像晚來的雨像不能見面的六月
天空沉沉的。你像翻閱字典
把字根都翻遍了
順便也掃過樓下的街道

你撐起對於前方的凝視
把日曆也翻遍了
大海鬆鬆的。似乎即將降臨

你接住了那些毛躁的話語
一邊忙著打噴嚏
藥味似乎要把城市懸掛起來

而你走向夏天

六月是實話是不乾脆的謊話是溫暖

六月太長太長，
長得夠織條圍巾掛在你的笑聲上
笑著掩飾秘密
讓內心的小孩死掉。

沮喪得像條太長的長河
像背不完的單字書，當我隨意抽問
「只是夏天剛到。如果你記起的時候」
你一次又一次的停下腳步

學著像河流那樣活過，像你曾寄居的
島嶼把你接住，你幾乎可以活在一隻貓的笑容裡
而笑容太長，你的病太短

你是平安，是不虧欠的日子

你是慢悠悠的七月是長信是有人出發的遠方
延伸在島嶼的虛線。一串日子
摺起了耳朵就專注的聽
專注的說天空的藍是你的少年

每日聽到大海平穩的襲來
你在浪裡撿起沉默有餘的瓶子
不斷老去的部落，老去的海岸還有
老起來盛裝出席慶典

土地已經淹進來掌控你的人生
：活著，樂觀，健康，平凡
你是慢悠悠你是日子
與日子接縫的虛線
——我們把少年留在天空的藍。

模糊的印象停留在
或深或淺的陽光
你說珍惜，你笑得鋪天蓋地。
你在夢裡醒來。清晨四點鐘
聽見小鎮那邊有歌聲傳來
街道空空的，有人離開的遠方
陽光像支流，紛紛找到出口
你隨著時光走進山腰

你發現曠野。但你找不到人說
我說珍惜，說大海被寫進去
我一邊笑著像剝落的磚瓦
像被壓住的詞彙像有規律的旅程
慢悠悠的。我們。繞了一圈
你不適合受傷，只是善於偽裝

在冰島上——naïve

現在我們在雨聲航行，黑夜在肩上散開
如果你記得得到回應的光，照亮流溯在身邊的浪潮
那時的我，在倒影裡。下午六點鐘。像一場魔術
空無一人的城市，擠滿的鳥群
在屋簷。為了生活不斷升降，像幾個你即將學會的詞彙
媽媽是比喻，比喻發生，比喻明天，比喻
在這一生中不斷尋求平衡——我們在雨聲中
催促著一句就能訴說不盡的詩句

這時我們沿路走成河流。綠葉透光
暗示一場迷藏，假裝我們未曾承諾過
我拉起衣領，躺下像一場回聲你身陷在夢的邊緣
雨水在肩上散開，如果你記得熠熠閃亮的
燈光，我依然走尋在你的蹤跡。走著走著有陣風穿過
升起的月光讓我們擁有當下
在這一排橄欖樹下，我們不會睡在同個夢境裡
卻很快會擁有整天來學習時間論
時間是海，海是雪地裡的
森林，航行在洶湧的路上
在凝滯的黑夜，蚊蚋經已聚集燈下，
後面不斷跟著走慢的謠言
「受人潮淹沒的城市，鳥聲在天空就地散開」
朝前方望去，雨勢在不斷拔高的斜坡

牆上是青苔痕，有重重的季節感而不斷被聚集著
那種指引。那種從宇宙的召喚而來的
善於理性分析的詰難。將問題搞得複雜
你將語氣和緩
通過花期，通過節日，匆匆通過難以察覺時
沒成行的約會。你想像都市恢復到原本的模樣
如果明早仍有雨，把夢剪短一點
通過路上的積水已經不在意所謂殘忍
「世界如此豐美」你說，媽媽是倒影是眼角是
清晨的花香。溫柔的好雨，在島上
比喻成另一個你；風是遺忘是飄零是不斷尋求平衡的
我讀著遠來的訊息。一節比一節還深的課。那些你。在發現者號
手勢作別

練習現場

沒有雨　沒有光
當我們散步的傍晚
爆米香車上的氣味
是被允許的海

我舔手指，舔著甜味
在日子被堆成沙丘
你以為是鹽；
在夢裡發不出聲音的那些夜晚

連日的雨終於暫停
又醉又冷。光是黑的，
聲音是黑的——
而你坐在公園的長椅上
把鏽味的聲音都吞進去

路人點起菸，霧裡是海
花是沿途所見的火
不笑。不哭
「一定是你對於活著總是想得比誰都認真」

一種散步的方式

你從窗外望出
等待，等到一夜的流星
我們在夢想中的沙灘喝啤酒，跳舞
不斷轉圈。
哼著在降落前聽到的旋律
不小心踢翻一盤子的鈕扣
像是昨夜的雨水滴落居酒屋的屋簷
：五顏六色，各式花紋

而你趕路，返家招待一位客人
想到等待已久的紅酒，還有飯菜
加熱話題，將往事攤在草原上
指認那些過去在路上的人
陽光依然；
都沒有太大的差別

等著陽光穿過林葉，穿過高樓指尖
像是穿昨夜的鈕扣
穿過那一排在屋簷下等著曬乾的衣服
海潮捲走了星星，沙子與糖果

你往時間撲面而去
而整個夜空也像對你翻箱倒櫃

像是記憶裡，
那座在霧裡的山。

著實在呼吸，像流動的畫
你把起點放置在遠方之前
將時間凝止在季節以後
陸續的拍打每一天的新鮮感
你執著，沉默，收置在每一格的相簿裡
安妥收置疫年前

錯過的花季——時間照耀著房內，而數字不斷循環

路走得突然很遠了。回頭。一切安好
花開了滿地，季節是屬於你的
潮起潮落；劃出路旁的邊線
一邊走向前，倒數回家的日子

另一大邊是你的房間，靠窗
而陽光是希望的重心。循環，照耀著
偶爾歸咎於海的滋生
隆起的呼聲，被針不斷扎過的小傷口

像是那些存於我們之間的祕密：

當季節是一封長長的信
河流緩緩經過；你為了找尋遺失的
氣味。你的樣子
你失去的。陽光，正午。來得正好

「倒數日子回家。」像一則不斷被提醒的語音訊息
在行事曆上一格一格的敲門，
彷彿我走到哪都帶著藥水味，突然有人說
他撿到從房間旁的海，所漂流過來的瓶子——
「每天比前一天乾淨。每天歡愉過節，
期待周末，露營旅行，帳篷記得修補
寫給前一日祝福的信。」

蜂擁而來，落葉生根
突然想起我們上一個的花季
想起那些日子，你依然在某個位置
托起相片的重心，跟自己說話
你說，比如吹牛、保力達牛奶，鮭魚洄潮直到
你突然提起嚴肅的話題，
——那年被搬走的部落，你被父母所夢走的星光
你以為沒有人知道。掂手掂腳
你說天空是海。急著回去
說著說著我們就走
向海。一處固執蒼白的牆。
繞繞。到高台上看海
我們討論如果我們回家那天

如果是窗：以蒼白支撐。
季節依然是屬於你的。

白芒花

當你行過了七月的山頭，沿著斜坡
沿路攀升，突然感受到一股水氣
當你意會過來，鳥聲、蛙聲都離你越來越遠了
像眼前的霧，像有人寂寞的吹著笛聲
像你希望的孤獨，你屬於自己
屬於在大雨中突然醒轉

「沒有人找得到你。」
你重複循著綁著繩結的樹，這時應該

朗唱一些詩歌好來慶祝雨後；
但你不記得細節，忘記是如何失去
（難怪有些人會用傷害的方式來記得）

好不容易抓住那個意念的邊角
你不斷前進，靠近湖面
你看見月光看見了你
看見世界被吞沒

而世界有時太簡單，近到讓你什麼也看不清

二、傷疤

傷疤——雨水讓坑洞鬆軟，而你慢慢長大

我用一條線畫出的你
沿著岸邊
逐漸聽見海浪，逐漸
等到季節願意坐下交談
：好好說一則故事
然後笑起來成為港灣
包容著另一半
不屬於大海的地方；而我舉起
皺褶的手掌，收納著凌亂的墨色

不斷失敗，不斷不斷的失敗
卻充滿著欣喜。
等著路在路上等著。
而越走越遠，離岸那邊也不知多遠的地方

逐漸聽到海浪。逐漸看到光影落在那些皺褶上
像深沉的眼神。深陷其中。深陷在墨水暈開的

季候——離你和海灣很近的地方

城市到處有閃著星光的咖啡館
你想著不切實際的森林，一邊安慰著我
同時為你在的筆記本裡
畫滿封閉的房間：填上數字
像是長久懸吊起來的藍格子襯衫

你用1開始發音，張開養著光的小口
斜斜一放，就把心掉了進去
孤獨。從2開始長大
開始有人對坐，而你不知所措

看到天空在眼前，畫出一隻隻天鵝
在手邊的大海；
3是微微的浪花
像是才敷衍搭理你幾句的公車司機
我說你如果找不到話題
那就回到天氣
重複對方的上一句的語氣。
4是四季，是任性，是慢慢長大
也一口在一夜之後被通通清空

我不斷把想說的話擦掉
重新組合。5像在泥土裡已經長到一半的綠芽
我忍不住用手指戳著
「春天鬆開他的語氣。什麼善良

都有可能了」你問起我
你填上數字列下順序，你保有秘密
在房間保有蘋果的清香

你聽日子，我聽海
我用一條線畫出海浪，
終於我們對坐和談——
笑起來的峽灣，瘦下來的
陽光，曬過。壞了，再曬過，你肯定讓自己忙碌
肯定太過熟悉而露出太過誘惑的質數（我想
我想）偷偷撕掉
你說我看起來緊繃，我們沒有餘地。
我理所當然地把潮汐標記在一面離你
我很近的牆

旋木

用一輩子說好一個人
接著讓一句話給一個人
說好。

我煎了一顆蛋
比夢還透明
比起你的笑聲還要輕；
什麼是輕
當天空讓雲飄浮，

而一切漂浮在聲音之上。

「一切都成形了，雨水落了下來
用一輩子學著說好一句話」

夏天的背影降臨在落日徜徉的街道上
母親在市場裡穿梭，
數著蛋，拉著蔥
小手拉拔長大

自己的背影就像一顆逗號
駝起了背，把人生在袋子裡
裝得滿滿的
在回家的路上，

慢慢丟掉
直到成為一棵瘦瘦的樹木
把牆寫得短短的，越看越像自己
越看越不像。發現可以跟著念的不少
可以解釋的卻不多

比起你的夢還要輕
無色無味。傾斜卻筆直的
落在街道上
——利用剩餘的黃昏
一切都成形了

他們一起前進，互相遠離
像日照；

有人躲在陰影，有人不斷挖掘細節
你記得雨的味道
無時無刻擁抱自己

找不到失去的，
你垂釣著睡意
說著晚安。

真心對待一個人。值得信任的答案不再
轉嫁到另一座凹陷的島。凹陷的聲音
凹陷在拔起樹後留下的洞裡

寬度

爸爸的遼闊出現在市場角落
清晨四點。默默聚集的光
爸爸不善言辭卻必須透過比喻
在田野中找到波紋
接著量計生活的刻度，
在夜晚走過我們深不可測的夢，我們的日子

爸爸過日子，解釋面前的花草與土壤
車輪紛紛停下。腳步，手勢，方言

人潮滔滔的堆積著節慶，像條走不完的路
爸爸的肩膀遼闊起太陽的名字
你縮起肩膀縮起頭顱縮起縮起
塞進角落說是日子的累積
匍匐且無聲的河流。
凌晨四點是你曾試探過的途徑
你沉寂在為困難定義
為困難制定句型，直到走遠以後
日子走入院內，而你在裡頭
一切歸於遺忘歸於平淡歸於一切好容易

黑膠——長久的一個人的山

多麼明快的一場雨
你們盡情舞蹈，直到和解
在透明的夜晚裡；
規則裡遊走的蟻工
傳遞呼吸、呼喊，在長長的信上
延伸出幾對名字
何其輕盈，
現實杵在虛幻上的影子
權力成為專有詞彙

夜晚哄著你入睡
你惦記
自己所謂的民主
心口不一。
交換著田野與頂樓
離陽光那麼近
像是觀照他人的家庭
頭上的日光播下所謂艱難的年代
指甲縫裡的悲傷
與沉重。每天聊著一樣的話
重蹈覆轍的一封信
在土壤裡滲透出
時間包覆以愛為名的理由；

而一場雨
在寧靜的水窪
上漲。有人驚喜
情節反覆，恆久的筆記
直到他掌握所有細節
寫在眼皮上
不斷衍生的詞彙

為了結束而準備
帶給下一代而不厭其煩複述的一則夢，
心口不一。指著心臟
像是輪盤轉著黑膠唱片
你撥弄兩下胸膛

一條象徵減法的傷口
你睡得很淺
睡在夢裡，不斷蔓延詩句
腳下踩著圖釘
標記肉身，情節，對外開放的
路口與天空
多麼明快的一場雨
也許是
影響的焦慮
你夢到在廣場中央
強人站在眾人之上
看著他抵達，倒下，眾人驚慌
在很久以後寄來的信上，被撕下一層夢境
感到剝離。而緩緩駛去，來自遠方的消息

有家

你說愛是大海
愛是接受
愛是放下。是擁抱
像一雙大大的手；
在異地的第一艘夜晚
載著最遠的夢
舉重若輕，
離海岸那麼遠

離我們的家很近很近
在大海旁，
你的夢那麼長：用一生來寫信
用一生來了解智慧；
最遠的人，最近的距離

在傾斜的事由，你望見日光
像一枚發亮的鈕扣
當你舉起手，在指間的縫隙
世界用喧嘩填滿
你用平凡，用舉重若輕
寫生活，又遠又輕，在本我與非我之間

行李

在沒有日照的下午，像悶熱的毛球滾在額頭上
身體黏膩著。你想起夏季那端
一貨櫃的浪
你想起在家討論的出遊計畫
氣候、車輛、路線，指引
一切安排妥適，包含季節的風向

在你居住的房間，綿綿的雲
萎化成一撮撮的毛球，欄杆的線條把陽光拆成

一條一條的，像那些難以追究的往事。
閃爍著光影而你看起來嘴角上揚
卻不著邊際。你收集片語
用文法串聯他們的意義
試著為那些辛勤定義；而你不想誤讀
在午後，沒有日照
你翻閱向來的選擇
依然知道理由
只是想再次得到他人的支持

海島的起源，出發的方向
算計經緯，算計引起疑慮的神色
寫下滿滿郵件，用力地撐著桌面
肥沃的時間因此傾斜，卻維持平衡。

你伸手輕觸，鳥鳴聒噪初醒
我幾乎可以再等一個夏季
涉過海灘，你為禮拜三的大雨寫了一段話
討論質數，討論相處的主張
誰該犧牲？誰該為修辭負責，為了樹葉急速落下的水滴
在一群人居住的島國，
綿綿的山。你想起漫無邊際的天空
像薄荷糖
在隨口一句裡化開，你的溫柔、寬容
卻孤寂到一片片被拆開的往事
你只是想知道理由

有人會安排妥適，即便就這樣一直練習一樣的聲調
還是突然領悟到一樣的時光

在與不在的時候
侷促在長年仿效的峭壁
依稀落在某種氣味。在雨後
你說我看起來嘴角上揚
我其實打算週六之後，屢經山谷
一樣堅硬的意志，沒有日照的下午
你翻閱向來的選擇。經此自由出走

形符

一、

明快的一場雨，天空像降落的海像你
走過長廊，明快的拉低盡頭
人群低著頭竄了起來
像那天我們斷續的話題，圍繞在節日、禮物；
而言不及義討論天氣。
接著討論戀情，試著探詢最新的訊息
最後又圍繞到離家最近的巷子口
季節逗留在那，你沒有留下

瀟灑的放棄，像明快的情緒像擱在岸邊的約定
俗濫你卻不容刪修
日子從你指縫流過，將整日的雨淹沒
「夢境美好，我們的話題也正好。」
像是那群柔軟的雲，花都開好的夏季
運動場上有滿滿的人，沿著線條
像是撥開即將漫開的傍晚天空
飄著有風讓火燒過，你的沉默此時
成了一股低窪，像闊葉長齊於是折成陣雨
擺放我們練習對話的空間：清麗，還帶有些感性
我們接著摸索黑夜，勤奮的為工作列下清單
從這條街往下走，沿著線條
圍繞在路牌、招牌，而言不及義談論
新聞上的話題，接著試著談論正義與公理

而你在另一扇窗口所遇見
雪已經堆高在你我言不及義的天氣話題
柔軟，卻冰冷甚至你想到那些緋紅的圓點
從又深又遠蔓延而來；
養成謙虛的本能
而我們回到了沿海岸邊「幸好……
幸好在我們的日記裡：對話課題」
沿著這條路一直走下去，
明快的穿越，天空像你剛點起凌晨的光
你在小浪折回，我們的樂園才剛興建

二、
行走在城市裡，離開海不久
灰灰的雨、繽紛的傘，你穿過水窪

看見自己的臉，還有那個年紀與你相仿的孩子
他往你背後不斷地跑像是那條
被拉開的河流；還有接著你決心表達
不再追究的承諾，不在此處
而你望向在黑夜後被點亮的初日
希望有人往你說：二手跑車、美國英雄、經典鄉土劇
你的鬍子偷偷長了、白了，打結了，那些屬於你
屬於你我的。我的，我們的、還有你們，他說他的
你低頭下望水窪，望向屬於房間的海
你從此陷落進去一片灰白霧氣

「我們不是才剛說好？」多出一截的對話
久候以後一切顯得突兀
我不知所措，把眼神放往天空

「多麼明快的一場雨」，因雨水而斷句；卻為了攤開窗戶時
順道把旅程也置入夢境，固定選定列車上座位
選定回覆的話，沒有更好的回答
望向秘密
你沒有回答，只是通行走過湖水
直到鈴聲響起，你接起電話
聯繫那些你走過的時間，一切有了意義

三、
你在夢裡醒來。
洗淨肌膚洗淨擁擠的
昨日洗淨不易利用的夢；
你的語氣，手勢，不輕易聽聞的傳言
你是相信的，像一件柔軟的背心

足以輕盈，足以
在藍天裡漂浮的雲

而窗前突然降雨，似乎擁有更深的意味
你開始搜索記憶堆
重複的記號
在回信的文字往返。思量從何下筆
維持姿勢端正：一本正經把告別說好
轉眼腳步已落在凹陷的音節
凹陷的水窪，凹陷的回答讓你想回到凹陷的
季節。看著風景越深越遠
「我們的話題也正好。政治適宜，一切很好」
在午後我們曬乾衣物，在一場雨告一段落
街道是屬於沉默的。在病毒的剝落

當日光每走過一次就枯過一層
你相信自己的偏執
在抽屜裡翻開被灰塵爬滿的日記本
在日子中等候的你？你等候
世界有花再開的時候
桌上擺滿的書堆等著被理解

四、
之後的去處。你姿勢僵硬
無處擺放視線，你繞了繞路
循了一條城市的小路，彎過刻意想要遺忘的物件
你不經意抬起頭，因為熟習
那幾間屋子還習慣晾著爭吵，電視聲和著飯菜香
天空被擠了出來，擠在理想的句型之前

你在夢裡醒來。醒來後又睡去

暗中想像那場明快的雨。足以輕盈。足以決心表達

漂流

你可以選擇悲傷，沿著那條河
走入難以承受的
你可以參與陽光的秘密，夜半的慶典
在城市舉辦著
理所當然地沿著上坡
發現身邊的大樓一棟棟的跟著長高了；
你走進駐紮在市集裡
人們把陽光喊得響亮：
有巴薩隆納的明信片，異國情調的手創飾品
還有給你一顆糖的少女

所有的時光在此凝止。

凝止在你聽見海的呼吸
而風行走在小浪旁邊
一圈又一圈的
為你的家拉出一條道路
你從遠方回來
時間像溪流
一不小心就在溪流上走失

你可以選擇你的路，選擇與自己相處
把雨跟霧切開，把部落切開
把跟你的擁抱。離最近的日子，堅硬而冰冷
你可以放回原地。像那位朋友搭乘火箭離開地面的消息

搖晃

時光偷偷闖了平交道
等著手機亮起，等著那封祝福的
短訊。叮叮叮
「世界和平。身體健康。」

季節推動著我，失望推動著我
像蔓延的軌道推動了我
寒冷的荒蕪我們談得熱烈
為節慶打了熱鬧的紅綠蝴蝶結

春天叮一叮就來了——
「兩方無車，探頭四望」
總是旁觀
而不知已默默走得多遠多遠
列車不走多遠。就為了等待。

收拾

你被窗外透進的微光曬醒
時間像一條毯子，暖起，柔軟披在腰際
你安靜的起身，拔起插頭
昨日的情緒似乎是痊癒了
搜尋夢境：
你與自我對話，
被日子忙著過下去的情節不斷被淡忘
你想還足夠想下個話題。
突然走到邊緣了。你感受到有雨絲降落

泥土、大海，還有換季的味道
「我們會安好如初，」你空出半邊的肩膀
再耗費一輩子的運氣
為了一則游移到眼前的訊息。
「安好如初，安排好你所有的明日」
在邊緣，午餐的邊緣，失眠的邊緣，一張彩券的邊緣……
你想起那時有人看顧疾病，像那天清晨——

時光薄翅緩緩的降在身上。
那些以為愛的。像一截一截的影子
緩緩滑落，如游動的魚。
房間空無一人。充滿透明的意念，
那些那些你想說出最後卻吞回的話

三、習癖

表象

你是無聲無味
星期一清晨的雨
從你鞋尖滴落
比如早安
在靜謐無色的表情
澎湃，無以名狀
你凝視；不是閱讀
就只是當你越走越快
尋找你的邊陲。
低語。波紋不斷蔓延

習癖

這裡原本是沒有路的
只有一大片黑夜，角落堆滿走遠不了的雜物

接著走去哪呢？日出而作時
笑聲劈哩趴啦的：像燃起的雪

你猶豫是否蹲下綁起鞋帶
低頭撿起公路。一位耆老一種方向一季一生那麼遼闊，還有另一半。
讓人喜歡的天氣。

把一半接過來
像是燈泡剛熄滅時的餘溫

默默的暖。魚塭
你想到燃起的雪燃起的浪捻起的陷阱
也習慣了你

洞穴

日常的打開冰箱，取出冰塊
噗通的落進杯子裡；
像那些噗通噗通落在街角的笑聲、腳步聲
十月是溫暖是從容是默默在旁提示
是走向遠方的雲
不願在漩渦裡被融化
你知道有幾次
感覺到運氣如此靠近
你所在的季節未曾被無限延長

——未曾融化的夏季，澄淨得像
疫情未曾來到。窗明几淨
日常的打開窗戶，你有理想的理由
因為某日的句子提醒
看到天空的波紋

焦距

你期待被理解，在黑夜裡
你在漫長的道路上不斷往前
你周邊的燈光被凝為時光邊緣的浪
在深淺處，像一腳踩入
「你在錯估的雨勢中
領悟，在昨日的柔軟」
你釋放秘密；
你在冰箱上黏上幾則字條。
你期待被認同，刮除每一則來訊

像昨日，像等候，像足以擁擠看不清
我一句一句遠方的大霧

結晶

花開很久了
久到你露出疲憊，等待、行走、閱讀
遭遇夜晚的皺褶伏擊
你不被失眠
翻找數年前時季節的軌跡
花開得很久了，開得輕重緩急
意圖不被生命等候，你穿往
森林深處，僅僅有雨的氣味
我們相信遠方，相信此刻的相視而笑

相信某天被想法挫敗
你認知孤獨，在鋪滿紅土的球場
你空出座位
說服我們依然年輕
只是問候，就只是被想起了

傷口

你看見清晨，在島嶼上，
充滿城市的氣味
你渾身青草味，
你看見廣場上的大鐘
你不厭其煩，你說話，你經驗
你把自己包裹在不斷復原
十三個月份，一次將自己完美的隱去

熟練

一、
很快有夢落了下來
遠處的列車往你的胸口穿過
而來，你拿起筆
很快的抄在牆上
油墨未乾。還有那截多出的語氣

你習慣猶豫
寬闊的天空被雲擠得窄窄的

背影是皺褶的行李
洩漏了殘局，車輪規律的往反向
離去。很快有夢
落了下來，你站在時間的背面
哼起多出的熟練旋律

二、
把房間都關起來只剩下窗
時間的流動都很清楚了
你寫下地址
把理由薄得像張白紙
接著畫出一棟屋子
猶豫了一下
「日常。平安」

窗外的雨匯成厚厚的海
時間與季節平行，躺成倒影

追趕

索性把房間都推向深處
床底的深處，衣櫃的深處的時間的
深處。無謂的委屈
你把理由摺得差強人意
車潮就要來襲
一捲一捲都推向霧氣。

帶有輕微煙硝味的房間
一百種期待與超過一百種的等待。

你看著自己在窗裡，
燈光在後頭追趕，你跑不過
但不用憂心，總會堅強

情節

在夜裡的路上，一直走著
走到路的盡頭
夢的邊緣

你繞著季節旋轉
——例如錯過的花季
沿路掉了一些熟悉的人
還吞了些來不及打開的話題

在路上，被微風貼著
想起上次一起走在花間
陽光穿過葉間。「路很長，
人生顯得太短」
熟悉的街道，陌生的店家
道路中新增的工事
同時架在記憶之上

空房

你確信黑暗
於是把心擀成一張大大的麵皮
慎重的包覆初學的詞彙：
把拔、馬嘛。你親眼所見
房間被拉長成一張大大的海洋
你們在島上，朗讀，遊戲到睡意輕薄
足以浮起一段足以離家的路
大大的你，大大的手掌
包覆模糊的皺紋；安睡

病症變得日常，日常的混亂
——他們睜眼說瞎話，日常對話。
你想起床邊報數、碎語
有些像制服上掉落的鈕扣
滾進呼吸間的隙縫
在一條你總會熟悉的小路

你確信黑暗，你確信生活
穿過小路，不斷重複同一個夢

演練

在月台等候風勢，熟悉的浪
延長它的尾巴
像持續焚燒的五月，病症變得日常

進入固定的車廂中
讓自己像一顆剔透而布滿刮痕的彈珠
彈坐在椅子上

像離家很遠了，宇宙還是這麼大

雨水延長它的尾巴
像熟悉的題目，你還在熟悉這世界

大望

失重的夜晚，傾斜的樓階
詞彙。各種手勢
笑亮一排牙齒
兇猛的語言。你低頭
視野只有玻璃
暗號。髮絲。火柴
像踩空而說的實話，
成為最大的謊言
降臨成為白花花的雪地

看見天空，有河流經過

四、掉落

餘期

真的傷心太難，快樂很短
比不上說好一句話的時間
「沒有海，也沒有彼岸」
是不斷渡過邊界的決心

掉落

走路。在通往下一站的路上
捨棄了其他便捷的選項
「走路離你最近」但雨水讓路最遠
總是不能只有一個方法。
我們在傘下，走路
這時雨水落在傘上的聲音
突然有種療癒感
當你回到一個人

撐起傘，在房間裡將一切連成屋簷
雨水從房間的天花板滑落
你的呢喃成了小河
那些日常的傷痛
滲透了堅硬的白牆

你一直走下去，熟悉的店家熄了燈
關起了門，往著回去的路上，往自己的方向
往家的方向
你像被一把傘撐起，等著小河下完
那些日常。剝落著白漆。在老得夠快的晚上
時間散發出酸甜氣味。一點一滴地落在傘上

生活

日子瘦得像張舊報紙
配著奶油與吐司
你不老，只是今晨的陽光寬了一些
你笑得像團白棉花
在藍天遨遊。
我笑得頻繁是海
接連襲來的浪花
牆垛以外：終止在遠方的雷聲
全城戒備，重重敗退

季節是一把上繡的剪刀
把長隊伍切斷，在新聞影像裡那些陌生的臉龐
那些眼上塗滿黑漆的人
有人臨時搭起帳篷
一節一節的快訊，一再一再的來到黑夜
「有人留在今天。而今日匯率日常滋長」
你累得彷彿沾滿油墨
累得剛剛好，剛好接起斷續的話題

在戰場尾聲。一群人哭累了
聲音被裝入罐頭
有人深究
有人為此來寫下一段告別的話——

吐司配著奶油與蜜糖。

搭上一班長長的列車。
空下的座位恰好擺放多出一截的河流
像問句。靠著椅背。長了尾巴的陽光
蜜桃甜的月光
夾起來配話題
「一對新婚夫婦擦亮著槍，準備前進戰場」
已經昨天的戰情，已經不是昨天
回家的路在眼前。朝你走近，沿著真實與謊言的長廊
他是那樣說的

塵瓣——練習和解，把撿起的石子回歸土地

雨停很久了。你沿著在深夜那條深深的路
沿著列車劃過的聲音
組合承諾，組合回憶與日常
理所當然的位置

在晚安以後。所有細節都凹陷了
你望向那張相片
「我們相信星河永恆，但我們不會永遠都在」
雨停很久了，

日子偶爾適切的折彎

擺放一千顆心，一千種可能
還走了一半
你清晰想著；那晚礁群豢養的秘密
鬆了口氣；
你停在巷子裡
像為一首詩找到相接的字
把重重的身子攤放
任由失利的夜晚擴張；

風慢慢地吹，把稀疏的鬍渣吹散
頭也不回鑽進夜裡頭
一切都好，不必留意他人

你像是討論生命的意義那樣，
看著新聞，手邊擺著一本
厚厚的小說，不斷練習和解

彷若有了旋律
陽光在庭院中被曬得寬廣。
只是再活一日，生成一個夢
傳遞某則未到的訊息
以某種姿態把那時的我們降臨在淺灘

——那是某種防禦工事，
為了將來發生時所刻意先進行排演
比如把長頸鹿與大象裝進口袋
帶進考場，寫完一張沒完沒了的數學題目

衣不蔽體，所有的知識都忘卻
想要騎上腳踏車，輪胎都被換成正方形
你離不開。而天悄悄亮了

你帶了一張地圖，參照著距離
從昨日到今夜：你望向那張相片
與細長的日子，只要一切停了下來
理所當然的位置。反覆穿越
而你說交待，早該有人注意到
鬆了。你的節奏都鬆了
手無寸鐵。而每天光不斷遠離
我們強忍堅強，強忍沒有把握的堅強
喝了一杯又一杯的水
日常。聽海。討論

走進霧前挨身進入的身影
靠近，傳遞某則接近的訊息
我不斷練習和解
雨停很久了。有人很快就來了

在離家路上，想起晚安
想起市場上被牽起的小手
被吵得熱鬧的聲音
濺起的水花，有雨降臨而練習和解。
拾起相應的承諾，捧在手上
最後靜靜的
留在適切的位置

鑿海

日常。依舊
剝落著白漆。在老得夠快的夜晚
散發出酸甜氣味。有時間的墨
一點一滴落在傘上
有人在屋簷下等候。有人快走
像是一切的日常

你哼著曲子，抓著鬍子
像傘一樣撐起日子

讓路那麼遠，遠得在島上
距離海洋遙遠；
又近得
一切的症狀變得日常。我用手指
輕輕畫線
畫出一道道的浪，像躍動的眉

你是手邊的大海，依然清澈
清晰的眉目
在入秋的夢境鬆軟
我站在原地望去，那些背影都像你：
青蘋果色的洋裝，短馬尾，襯著
五點四十五分灑下的陽光，
摘下兩三枚薄荷葉

捲起了一聲短嘆
想了許多事，反而什麼都問不出口
喉頭突然湧上酸甜
即將降雨的氣味
「關於我們的家」
像是一切的日常
大海接近，
聲音湧了上來
我們的島被淹沒了

野餐

一席青草色的口音
溫熱的風吹過，不斷
踩著自行車的腳踏板前進
在輪軸上，喧嘩的氣候
保有平仄的問候
有時在夢境中測量現實
細碎的記憶被篩得
遺漏在飛沙中。
偶爾停下腳步

——在鐵道前等待燈號
等待病症宣告離開

炒得喧嘩的討價還價
交融的腔調
在清晨的市場裡，一口高麗菜飯
再接著溫熱的記憶
配一口多多綠，接著
接著。那些屬於在地的
滋味，溫熱的問候
把心放得慢慢的
儘管日子一切不容易。
總是等待
打破沉默的第一句話

在那以前
兩旁的目光像是兩道止不住的
川流，通往家鄉

你邁開腳步，累積旅程
靶心在你的眼上
聽到同學兩三句討論
夢想成為天空的
倒影。海洋豢養
無數的秘密
無畏的伸出你的手
通往光伸出的步道

都市裡匆匆忙忙

事實是自由，殘忍，
改變結局會如何？
寫在土地裡的情書
有天你會收到
你會走過。當溫熱的風吹過
那些拉著睡意卻又捨不得醒去的夜晚

燈海

雲是日子
甜甜的柔柔的
綿綿長長的
信，寫一遍又一遍
時而安插雨季。
在行事曆上每一格座位上

生活像經過的海浪
無預期的起伏

波紋、掌紋、漩渦
你用心感受——
用不同的角度
活過一次
眼中的形象，以及
遊走後，漂流成海；

海是擁抱，海是寬容
是不計較的一句愛
是我們的家

日子緩緩流過
緩緩記得，在人來人往的潮流裡

合身

把一句話說好，等你走近
錄起甜甜的話，甜甜的日子
像藏起的一顆糖
非常饞
饞得生螞蟻

深吸一口氣，漲得滿滿的
等到雨後放晴，教室裡的我們
都把書趴在桌上

人生微胖，天空開始透出你的顏色
風勢有他穩定的姿態：
把一天過好，把一句話說好
傷心很好，繞出一個你更好

石問

那些鑲著黑邊的夢經常
被堆得乾淨俐落，七分滿的幸福
那麼軟，可以塗蜂蜜

當你慌張等待，沉在心裡的話
像在大海。
你說大海是愛
愛是擁抱愛是而立
像在異地的第一艘夜晚

載著最遠的夢
舉重若輕，離海岸那麼遠
離我們的家很近
「可以種茉莉。」

複述

天氣熱了起來，你把身體縮成一個逗號
連結在兩個句子之間
兩個人身分之間：
有人說是結實的稻穗
也有人說
是等待。目的地不斷的被延長
等待句子的盡頭
才發現生活追著我

天氣熱了起來，你喜歡夜晚，有人喜歡清晨
有人喜歡你，
你可以把句子放在任何地方

赦止

你把夜晚吹成雪
孩童在堡壘上安睡，擴展手腳
像詞彙擴展他們的意義

你行走成一部寫滿的筆記
把日子不小心就過成一句謊
丈量整齊，丈量美

丈量雪融化後的銀河

你渡過夢境，承受搖晃
等待七日後，重新與世界見面

踏上陸地所呼吸的第一口空氣
寂寞沒有淹沒
是你醒著在天空之上。在缺口裡看見自己

享受

一切都慢了下來
幾隻貓，在桌下丈量高度

每個腳步之間
召喚太陽的直徑

因為說不清話，索性咬著字根
抓緊影子。

在母音的底部
每個腳步之間

離影子最近的距離
貓跳著跳著，而你使勁表達

在抽象與被抓住的意象之間
你改了又塗，像一場大雨

交錯密布。
而你持續拿起筆

初戀

你為房間熄了燈
點亮了夢境的入口

雨水零落的，與溫柔的
風撿起街道上的紙屑

像漂浮半空中的回憶
隻字片語。紙短情長

有時像一面磚牆
堵住你的視野

一道枯竭的老靈魂。一無所有
一頭白髮；一張白紙

「黑暗有了他的眼睛
你會有自己的太陽。」

女孩蹦跳的來到我的面前
哼著只為你不斷播送的歌

你慶幸悲傷，可以把悲傷放在任何一句
在被問到的故事無從依據

紙魚

愛像一艘船
靜止在湖心上

你吞下了一些話
看著前方波紋：
遠方沒有訊息
也沒有
那天。一面鐵灰的紙
像凝聚的雲

雨遠方吹來
你的固執寫在紙上
夜間 12:31 出發
記在掌心上。在心上很遠很遠
的那艘船
更遠的房間更遠的島
刻著一點皺皺的句子

傷心

你凝視手上的相片，像重新走過一次旅行。
順手將風景畫像，為天空塗一點雲，順道在夢想上浪漫的加上高山、大海，也於異國情調的街道，走入當地人的生活，你無話可說。
儘管滿腹的話，你呼吸著。
你的生活開始明確了，開始練習放棄些什麼，或許是意識到外面的雨說下就下；你一個人走路回家，撐著傘，你不斷移動著，成為暫時的家。
來到屋簷下，你收起傘，就像為手中的相片翻到背面：
「傷心沒完沒了。而心也只有一顆。」

五、位置

位置

妳看到的那片海洋，在城市裡漂浮著。無止盡的炎熱，你想起那年夏天。

在高三的教室裡，每個人等待考試，午休時分，教室關著燈，你抬頭望見每個人趴在桌上，突然感覺海水慢慢淹了上來，沖銷了你的熱意。而你的背上，透著汗，有纖長的手指在你的背上換著圓圈。

「那是太陽。」妳背後的男生這樣說著。

「所以我們被雲籠罩著嗎？」妳也沒回過頭，只是低聲的回應後方的男孩。

「我們是在自己個別的島上，寂寞的狂歡。妳如果愛上寂寞，就是太陽；如果被寂寞愛上，就是看不到的月光。」肯定是唸書唸到頭殼壞了，男生不知所謂的說著。妳轉過頭去，男生消失在夢境，藏在司馬光打破的水缸下方的海。妳拉起了他的手。

「年紀小小的司馬光，為了拯救掉進水瓮的孩子，機智的他知道他們是不可能有力氣可以拉起人來，於是他找了旁邊的石頭，砸破瓮，水從裏頭流出，裡面的孩子因而活命。被救的孩子叫上官尚光，後來成為當代有名的富豪。」老師照例地在課文前如重播般提了這個故事，一直到了砸瓮的情節，班上的男生不由得拍手叫好。

兩人都是光。大家都聽到了司馬光，卻不見另一位的尚光。像是太陽所照出光亮與陰影，彼此成就而相互存在。妳在夢裡想起那次的海灘，男生無法赴約的夏季像沒有等到的陽光，突然的雷雨驅趕人群。人群擠在騎樓裡，妳在海灘上聽著雷響，暗下來的天與海似乎極力維持著對稱。

妳看到的那片海洋，在盆地裡漂浮著。盆地像是一個巨大的水缸：滿地的心碎，滿城的躁動，悶雷、驟雨、還有交織錯落的話題，而妳的難題，會有力量去面對。

切面

探望的時間告一段落，就像下課鈴聲響起，絕大多數的人準確地走在時間上，魚貫離開了病房；還有少數的人，被遠方依戀的眼神黏在門口，更多的是捨不得，是放不下的心。

我也尾隨那些落掉節拍的腳步離開病院。錯過了下山的接駁車。往右邊的上坡路，一路向上可以觀賞到台北一〇一與夜景的象山步道，總是想著，卻從未走過；向下則是通往象山的捷運站，不斷向下，把心也沉得很低很低很低。

穿過了黑夜，穿過了交錯的車流，穿過了灑落著櫻花花瓣的步道。我才意識到花季到了尾聲，而上一次參與的櫻花，在前年的日本京都，一間禪寺中，我們一群人伴著花雨，一點一點的鋪滿在相片上的回憶。想著想著，就來到了公車站牌，索性一個人跳上公車，沒有所謂目的，只要車子有動，有到任何捷運站就好。

晚風徐徐吹著，睡意逐漸淹漫自己。再睜開眼時，我已回到一路在那長大的西門町，在我小時候就離開的外婆等著我，我突然聽到海的心跳聲，聽到海的呼吸聲，一切離家那麼近，卻也那麼的遠。

愈走，愈覺得鞋帶鬆鬆的，連帶著心也鬆鬆的。索性低下頭，重新將鞋帶繫好，也繫好回到日常的順序。

我從空空的街景中，摸索出一道門，從門庭若市到門可羅雀，關上以後，門都沒有了。

被遺忘的時光

老師傅熟練的將男孩抱到剪髮椅的洗衣板上面，板子用椅子的把手兩側撐著。「是誰，在敲打我窗」，女歌手的歌聲像低迴的淡淡哀傷，緩緩從旁邊的老舊收音機裡傳出，伴隨著雜訊，像波紋緩緩滲出。

「這屆的全國美髮設計大賽圓滿告一段落，首獎是由……。」老師傅看著帶有硬殼的映像管電視，這台老電視上也不斷有細紋在邊緣規律的滲出，這些波紋像潮汐那樣經過，而這則新聞在他心上駐足。老師傅停下剪刀。

回過神，為男孩熟悉的理完了西瓜皮髮型之後，孩子滿足的笑了出來，幾乎接住了老師傅笑得慈祥的眼神。師傅透過鏡子看著前方男孩可愛天真的臉龐，他左手撥撥孩子的瀏海，右手又壓壓他的頭皮，像自己的孫子一樣。

「爺爺，這是一百元，謝謝你。」他的小手從褲子口袋掏出了一張紅色鈔票，雙手交給了師傅，然後蹦蹦跳跳的跳出門外。老師傅在門邊拿出了掃把，清掃了留在椅子邊的黑髮，絲絲絮絮的，像歲月的琴弦，像窗外降下的細雨。他不禁想著，「剛離開的男孩是否會淋到雨了呢，還是已經回到家？」

房間裡頭的電話突然銳利的響起，劃破凝靜而沉穩的空氣。電話旁邊貼的是老師傅、與他的孩子、孫子，三個人、三代同堂的相片；爸爸從嬰孩的胳臂下抱著他，而孫子抓著爺爺的衣袖。另一個男孩的聲音從話筒傳來，跨過海洋與疫情傳來，爺爺左手抓著話筒，右手抓著線。

老師傅笑得像孩子，臉上的細紋像這個房內所流動的波紋線條，緩緩散開。窗外的雨下得像故障的汪洋，但相片的老師傅一家人笑得更燦爛了。

Dear L

到了夜晚的深處，你醒了再醒。打開窗戶望向大街，靜得只剩下夢。

你的夢，空無一人，走過的日子應該很長很長了，經過了幾個說走就走的颱風，走得像連名字都還沒記得那樣。

最好，風調雨順。你暗暗想著，然後再默默跟自己約定，順手把感到苦惱的事情擺在任何一格階梯上。

「不會有人領走。」而你聽到一層又一層的海浪聲，你放下執著，推開了門。

抬頭望去，夜空像睡著的湖水凝結著，被風輕輕翻著。

你醒了再醒。

在你的影子裡拔出了一座深山，那是夜晚的深處，你穿入巷弄，再推開院子裡的木柵門，細碎的人語，是家人的交談日常，那些你沒有在他們身邊的家。

你退出一步，讓滿屋的飯菜香通過。用拉鍊封起那些徐徐慢慢的生活。無怨無悔，願一切安好。

你的海依然清澈。秋天就要來了。

後記

溫柔——我們的年少

「像背不完的單字書，當我隨意抽問／只是夏天剛到。如果你記起的時候／你一次又一次的停下腳步」這是六月所寫下的詩句：熱烘烘的夏季，還有被汗滲透的教室與制服，我們幾個男生頂著高三考大學的壓力，好像沒考好就要世界末日似的。

我們自以為商量了一個叛逆的計畫，佯稱說去廁所，實則跨出圍牆到對街冰店裡看電視上的 NBA 冠軍賽，為被逼到絕境的柯比老大加油，期待 F4 能逆轉底特律活塞。湖人當時終究沒能突破銅牆鐵壁，失落的我們回到教室甚至沒人發現我們曾離開過。讓自己戴上耳機，讓阿信的歌聲壓低自己的情緒。

到數十年後的此刻，依然聽著五月天，喚回自己青春的回憶，偶爾嘴硬的掩飾自己的青春，掩飾青澀。時光不會被凝滯著，與名偵探柯南一起從小五讀起，幾十年過去了，柯南還是在小學裡，黑衣集團也依舊是青春不老。

青春的回憶是被繫在旋律裡，最好能安放每個人不同的年少情懷。

從那場颱風天的 CD 簽唱會開始，每一年的演唱會成為你的習慣，或者他談起聽過眾多關於歌曲〈溫柔〉的編曲版本，慢鼓如面對感情時的徘徊，感受在巷口等待時的風——那時的藍天白雲，或者夕陽餘暉，時間如流沙一分一秒的流逝，累積成回憶的沙丘。

「不打擾，是我的溫柔」。多年後，你突然領悟到〈溫柔〉背後的意義。從電視劇選用這首歌曲作為插曲，那些過往的畫面彷彿排山倒海而來。

你一直是沒有改變的。

儘管日子不斷在走，看了好幾天從靜謐謐的黑夜，逐漸有光線滲透而出，艷紅如蜜糖再到金黃，如久候奔放的心，時而被掩蓋著——被掩蓋如那次你壓著而沒說出口的秘密。那些關於青春的秘密。那是我們的青春，儘管沒人知曉而依舊存在著。

國家圖書館出版品預行編目（CIP）資料

聽, 說 / 趙文豪著 . -- 初版 . -- 新北市 : 斑馬線出版社 , 2023.02
面； 公分

ISBN 978-626-96854-1-7（平裝）

863.4　　111020589

聽，說

作　　者：趙文華
總 編 輯：施榮華
封面設計：MAX

發 行 人：張仰賢
社　　長：許　赫
副 社 長：龍　青
出 版 者：斑馬線文庫有限公司
法律顧問：林仟雯律師

斑馬線文庫
通訊地址：234 新北市永和區民光街 20 巷 7 號 1 樓
連絡電話：0922542983

製版印刷：龍虎電腦排版股份有限公司
出版日期：2023 年 2 月
ISBN：978-626-96854-1-7
定　　價：280 元